깜장돌의 노래

☾ P.S 미래시선 1

깜장돌의 노래

김서해 시집

돌이켜 보면,
늘 차고 넘치는 감사함의 연속이었던 시간이었습니다.

요즘 들어 '사람이 꽃보다 아름답다'는 말을
뼈저리게 실감하며 살고 있습니다.
소중한 가족과 지인들 덕분이라고 생각합니다.

내가 아프다는 이유로 이유 없이 괴롭혀도
일방적으로 당해 주고
상처를 받고도
매번 호탕하게 웃으며 내색 한 번 하지 않고
평소처럼 대해 주는 사랑하는 친구들에게
엎드려 고마움을 전합니다.

다시 갈무리의 시간이 되었습니다.
계절이 탐스럽게 익어 가는 것처럼,
우리 인생의 순간도
아름답게 익어 가길 기도합니다.

- 2023년 겨울의 문턱에서

김서해 올림

글을 쓴다는 것은 참으로 어려운 일인데,
그 어려운 걸 해내는 당신은 참으로 대단한 사람이라고 생각한다.
첫 시집이 나온 지 얼마 되지 않은 것 같은데
힘든 과정 속에서 두 번째 시집을 낸다니 반갑고 기쁘다.
사랑하고 소중한 사람들에게
소중한 걸 남기려는 노력이 참으로 가상하다.

두 번째 시집 '깜장돌의 노래' 출판을 축하하며
언제 어디서나 세상에서 가장 사랑받고
소중한 사람이 되기를 바란다.
건강하자!

— 하용이가

높아진 하늘만큼이나 푸른 하늘빛이 고운 가을에

내가 사는 시골 오지까지 찾아온 반갑고 고마운 친구들,

두 손 가득 나를 챙기는 친구들,

오십 중반의 나이에도 마음은 20대인 듯 웃고 떠들며

시간 가는 줄 모르고 지낸 하룻밤은 꿈결 같은 시간이었다.

1박 2일 짧은 일정을 마치고 다음을 기약하면서 헤어지는 아쉬움을 뒤로하고

배웅했던 기억이 새롭게 소중한 추억으로 떠오른다.

친구야. 고맙고 또 고맙다. 늘 건강 잘 챙기며 이렇게 변함없이 살아가자.

너희가 있어 행복하고 마음 따뜻한 계절을 보낼 수 있다.

두 번째 시집 출간을 진심으로 축하한다.

사랑한다.

– 선옥이가

두 번째 시집 내느라 애썼다.
작은 시간들 속에서 소중한 경험들을 모아 기록으로 남기는 친구가 대견하고 자랑스럽다.
또 하나의 추억을 만드느라 수고 많았다.

네가 좋아하는 글 속에서 즐겁게 삶을 이어가길 바란다.
무엇보다 건강을 잘 지켜서 3집도, 4집도 쭉 이어가
훌륭한 시인으로 사랑받길 바란다.
내 친구가 시인이라는 사실이 무엇보다 자랑스럽고 기쁘다.
언제나 묵묵하게 너를 응원할게.
좋은 글 많이 쓰기 바란다.

- 일주가

나의 친구 정순아~

더운 여름도 지나고 예쁜 단풍이 물들어 가는 가을
너와 나를 예쁘게 물들여 주는구나.

막바지 여름날 또 하나의 추억을 만들어 줘서 고마워~
정순이와 만난 하루는 소중하고 잊을 수 없는 날이 되었어.
깔깔대며 끝없이 쏟아지는 얘기로 밤이 새는 줄도 모르고,
시간이 가고 세월이 흘러도 지금처럼 건강하게
좋은 글 많이 써서 너를 좋아하는 독자들에게 보여 주렴.

너를 좋아하는 친구 복순.

- 복순이가

내 소중한 친구 순아!

열다섯 탄광촌에서 만난 우리, 사십여 년을 살아오면서 참으로 행복했고 내 인생의 축복인 유일한 친구로 내 곁에 있어 줘서 너무나 고맙구나.

우리는 행복하지 않은 어린 시절을 함께한 유일한 동반자이기도 했지.

뒹구는 낙엽을 보면 눈물을 흘리고, 때론 배를 잡고 땅바닥을 뒹굴며 웃기도 하고, 마음속 깊이 담아 뒀던 아픔도 나누며, 함께한 모든 순간이 내 인생의 축복이었다.

우리에게 주는 이 선물을 어찌 받아야 하는지.

'나는 임원항으로 간다' 너의 시를 읽고 많이도 아팠단다.

이젠 너를 위해 아프고 싶진 않구나.

많이 행복해 하고 싶고, 행복에 겨운 시를 써 내려가는 우리 순이를 보고 싶어….

축복으로 내 인생을 함께한 순이야….

내년 봄엔 왕산골에 너를 위한 꽃을 많이 심어 놓을게.

별 보며 꽃 보며, 세 번째도 네 번째도 흰머리 눈송이 내릴 때까지.

너의 선물을 담아 볼 수 있도록 해 주길 기도할게.

- 정화가

쉬지 않고 묵묵히 시인의 길을 가는 너의 모습에
찬사와 격려의 박수를 보낸다.
결코 쉽지 않은 길일 텐데,
열심히 글을 쓰고 소통하는 자랑스런 친구 덕분에
나도 살아갈 용기를 얻는다.

두 번째 시집 발간을 진심으로 축하한다.
건강한 모습으로 오래오래 좋은 글 써 주기를 바란다.
네가 곁에 있어서 내 몸과 마음도 힐링이 된다.
이 기분 이대로 행복한 추억을 만들어 가자.
고맙다, 친구야.

– 현진이가

차 례

시인의 산문

제1부

하얀 아침

하얀 아침

설날 아침 백설탕을 부어 놓은 듯 지붕이 수북하다
아스팔트가 자동차 타이어를 잡고 일어났다

아파트 출구엔 누구의 손길이 지나갔는지,
줄 지은 물오리의 주둥이처럼
마스크 위로 피어난 눈썹마다 눈꽃이 피어나고
눈부신 아침 햇살 너머로 희미한 낮달이 반기고 있다

무지갯빛 물방울에 눈이 부신 아침,
참새가 지나간 발자국을 따라
바람길을 지나는데
어디선가 나지막한 귓속말 들려온다

자, 이제 시작이야

눈꽃

하늘 정원에도 메밀밭이 있는 걸까요?
새하얗게 원 없이 쌓이는 눈은
마치 메밀꽃밭에 누워 있는 것 같아요

그 많던 별이 모두 녹은 걸까요?
새하얗게 쌓이는 셀 수 없는 눈
가로등을 보며 윙크하네요

봄이 가까워지면 저 눈빛도
연분홍 꽃망울을 터뜨릴까요?

행여, 다시 오시려거든
어린 님 오시는 골목
샛노란 꽃잎으로 내려와
눈 밝혀 주면 어떨까요

사랑 1

서로의 길을 향해
함께,
노 저어 가는
따뜻한 여정

사랑 2

그대가 말하지 않아도
미리 헤아릴 수 있었던 마음,

가시에 긁혀도
잘 피어나리라 기도하고
잠시라도 식지 않도록
내 눈빛의 온도를
높여 주었다

계절이 바뀌어도
변하지 않고
누군가의 외면을 받더라도
말없이 감싸 주는

나를 있는 그대로 인정했던
그대를 별빛처럼
바라본다

비가

다단조의 새벽,
풀어 헤친 머리카락처럼 어설픈 명암이
가파른 산야를 돌아
긴 한숨 몰아쉬며 촘촘하게 몰려왔다

질펀하게 몰려 있는 비의 조각들,
빠르게 서로의 등을 떠밀며
숨 가쁘게 꼬리에 꼬리를 물고 흘러간다

잠시 비가 주춤한 사이로
무지개 너머로
새들의 노랫소리가 들려오고
투명한 아침이 밝아 온다

밤잠을 설쳤다고 말하지 않았다
너를 기다렸다고도 말하지 않았다

다만, 끊임없이 울려 퍼지는
한결같은 그 소리가 너무 좋아서
한 사람을 떠올리며
노래를 불렀다

라흐마니노프의 피아노 협주곡 제2번 다단조가
빗물에 젖어 흐르던 밤,
그리움의 시계도 멈추고 말았다

얼마나 다행입니까

다시, 당신을 사랑하라면
아니하겠습니다
그 독한 사랑
아니하겠습니다

소복이 쌓인,
새벽 눈길 위에 당신의 발자국을
따라갔었지요

꽃바람이 불어와
나뭇가지마다 새순이 돋아났을 때도
당신의 체온을 따라갔었지요

뙤약볕에 후끈 달아오른,
아스팔트 열기가 온몸을 뜨겁게 달구어도
흐린 기억 속 당신의 주파수를 따라갔었지요

낙엽이 뒹굴던 날
연필을 잡고 노트 위를 배회할 때도
당신께서 보내 주신
외로움 때문에 몸서리쳤습니다

이제 다시 당신을
사랑하라면 아니하겠습니다
어느 누구도 당신만큼
사랑할 수 없기 때문입니다

얼마나 다행인지 모릅니다
나 혼자만의 사랑이 당신이었기에
이제, 바람이 불어와도 돌아보지 않을 작정입니다

100일째 일기

'해원海元'에 다시 갔다
백 일 만에 찾은 일식 코스 요리에
화룡점정 물고기의 무늬를 찍고 왔다
신선하며 세련된 살점들이 수반 위에서
꽃물결을 이루고 있었다

지인과 처음 이곳을 다녀온 뒤
내가 진심으로 사랑했던 친구와
줄곧 같이 가고 싶다고 생각했는데,
이곳에서 꼭 밥 한번 먹자고 약속했는데,
그 친구는 "나는 순대국밥이면 된다"고
겸손해했다

한때는 어디에서 무엇을 먹어도
그 친구와 함께하며 즐거워했는데,
그러다 보니 특별한 장소나 별미를 보면
어김없이 그 친구 생각이 난다
이제는 이렇게 일상 노트에 기재할 수 있다는 것으로
만족해하며, 예쁜 음식 같이 먹자고 했던 말을
혼자 되새긴다

친구라고 여겼던 몇몇을 가슴에서 도려내는데
딱 백 일 걸렸다
한 친구가 그랬다고 한다
내가 친구의 앞길에 방해가 된다고,
그래서 미련 없이 친구들도 정리하게 되었다

처음에는 아프고 섭섭하고 미웠지만
나도 모르게, 미묘한 감정이 일어났다
친구의 앞길에 도움이 되는 사람만 남고
방해가 되는 사람은 떠나야 한다는
환청이 날마다 나를 괴롭혔다

백 일의 회복기를 통과하는 동안
쏟아지는 빗줄기가 큰 위로가 되었다
떠나간 친구가 "나는 괜찮다"고 했던 것처럼
나도 지금 괜찮다

깜장돌의 노래

푸른 하늘 맞닿은 백두대간 아래 첫 동네
밤마다 시리디 시린 별빛들 쏟아져 내려와
산허리를 감싸고
개울마다 까맣게 흐르던 물길 속에
깜장돌만 홀로 반짝였다

한겨울 쌓인 눈 속에 묵직하게 솟아올라
찬바람에 살굿빛 얼굴마저
검게 물들었던 미술 시간
도화지엔 온통 검정 물감으로 가득 찼다

삼척탄좌가 문을 닫고 폐광된 지도 이십여 년,
개울물은 다시 투명하게 흐르고
산자락도 하늘도 푸르르게 물들어
반백의 머릿결 위에
추억의 그림자만 남겨 놓았다

그 시절, 화물차 꽁무니에 매달려 놀던 1번 깜장돌은
꽤 오래전부터 운전을 하며 밥벌이를 하고
공동 우물가에서 물초롱 옆을 지키던 2번 깜장돌은
밥 짓는 솜씨가 예사롭지 않다
어려서부터 사람 섬기는 걸 좋아하는 3번 깜장돌은
나랏일을 하고 있고
정 많기로 소문나 눈물도 많은 4번 깜장돌은
바닷가에서 쑥떡을 이고 대관령을 넘어와
무심하게 한 마디 던지고 오던 길 돌아간다

세월의 어깨 너머 노을이 붉게 물들도록
함박웃음 그칠 줄 모르는
지천명을 지난 함백산 자락 깜장돌들,
이제 겨우 하루 중 반나절쯤 지난 것 같은데
벌써 저녁 먹을 시간이 되었다

그래, 이제 우리 중 누구라도
먼저 잠자리에 들면 편히 쉬면서
혼자 남아도 외로워하지 말고
눈빛도 까맣고 머리도 까맣고
개울물도 까맣던 그 시절을 잊지 말자고

남은 시간,
더 소중한 기억을 위해
영원히 지워지지 않는
펜으로 까만 그리움을 노트 위에
꾹꾹 눌러 새겨 보기로 한다

일주, 하용, 현진, 정화야
세상에서 가장 사랑하는 함백산의 별빛들아
내가 너희들의 깜장돌이어서 진정 행복했다
사랑한다, 그리고 영원히 잊지 않을게

발정 난 봄, 썸타다

눈이 햇살 너머 음지로 밀려난 치악산 자락
바람을 태운 소나무가 그네를 탄다
커피숍 안의 스마트 필름엔 하얀 꽃대가 오르고
발기한 선인장은 기세를 감출 줄 모르고
제라늄 붉은 향기를 픽픽 쏟아 낸다
들쑥날쑥 솟구치는 소나무 숲을 바라보던
때 이른 튜울립 꽃망울 노랗게 움찔대는,
커피숍 안으로는 늙은 햇볕이 내리고
밖으로는 이른 봄물이 오르는데

난, 어쩌자고
슬며시 밤의 목도리를 풀고 있는가

활자, 그 빛과 그림자

필사의 시간
속눈썹이 반짝인다
활자가 동공을 아리게 훑어 댄다
블라인드 사이로 들어오는 한 줄기 빛이
문장의 그림자를 몰고 와
백지 위에 가지런히 누워 있다
연필을 덮친 손에서 활자 알갱이가 쏟아진다
해일처럼 밀려오는 활자들
노트 위를 서슴없이 배회하다 사라진다
몸뚱이를 스치고 지나간 자리마다
검은 소름이 돋아났다
몸속이 온통 검은 물로 가득 차오른다

활화산 분화구

구름에 묶인 태양,
벗어나려는 기미가 없다
머리와 발끝의 동선이 다르고
붉은 미역 줄기처럼 끈적하게 늘어지는
몸뚱이가 끝내 몸살을 앓고 말았다

벗어나야 돼! 어디론가 떠나야만 돼!
환청에 이끌려 간신히 현관문을 열고
겨우 엘리베이터에 올랐다

구름에 눌린 참새 소리가
어깨 위로 쏟아졌다

비가 내리는 저녁으로 사나흘이 지났을까
나무엔 꽃살이 돋아나고
아기 입술을 닮은 꽃망울이 반짝거렸다

사월의 새벽 1시,
독서실에서 귀가한 딸의 얼굴을 뒤덮었던
여드름이 하나둘 톡톡 터지고 있었다

영춘화를 기다림

채 마르지 못한
연둣빛 노란 바람의 기억은
빗줄기에 쫓겨
옆구리를 사정없이 찔러 댔다
빠르게 심장에 와 꽂혔다
허공에 선명한 무늬를 올리고 갔다

언제쯤 강을 스쳤으려나
지금쯤 바다에 도착했으려나
가는 길, 어느 귀퉁이일지언정
나의 소망 한 가닥 묻혀 놓았으려나

울타리를 넘나드는 기억들이 태연스럽게
가지에 매달린 빗방울을 흉내 내는데,
노란 꿈 다시 우러나고 있다

너무 늦지는 마

목련이 지던 날

담장 안팎으로 너울대던 햇살,
밤새 가지마다 꽃등을 내걸었다

화무십일홍,
봄비를 몰고 온 비바람에
툭, 툭 고개를 떨구고

나를 또 한 겹 벗겨 놓은
사월의 참담한 통증이
꽃잎으로 쌓이고 있다

가지마다 피고 지는
딸꾹질만 바라보다
삼칠일을 울었다

꽃이 필 때는 황홀하지만
질 때는 애처롭기만 한 그 마음,
손바닥에 남은 한 줌 햇살로
줄탁의 시간을 깨운다

오월의 마지노선

밤새 비가 내렸다

수국의 보랏빛
울음소리가 들렸다

창문 가득
그리움의 지도가 얼룩졌다

아침이 되자
꽃잎은 하얗게 바래고
그리움은 끝났다

푸른 햇살 돌고 도는
직전리로 가야겠다

아무래도
널, 보고 와야 할 것 같다

그리움

남풍 부는 날
민들레 씨앗을 찾아가야지
보고 싶다는 말,
눈물에 살짝 찍어 붙여 놔야지
님이 계신 남쪽 하늘
머나먼 들녘,
꽃바람 따라 흘러가야지

제2부

꽃이 나를 아프게 했다

꿈, 땜

딸아이 고등학교 입학을 앞두고
소라만 한 다슬기를 건지는 꿈을 꾸었다
복권을 한 장 살까 했는데
친구가 입학 축하금을 보내 주었다

항아리 가득 쌓인 쌀을 보았고
문갑 속에 쌓인 뭉칫돈을 보았다
선물도 받았고
빌려준 돈도 받았다

지난밤에는
돌아가신 시어머니를 꿈에서 만났다
그날 저녁, 통장으로 입금된 생활비
'어머니! 그러시면 안 돼죠,
매월 따박따박 들어오는 거예요'

숫자라도 좀 보여 주시지,
먼 나라 가셔도
한결같은 시어머니,
살아생전처럼 참 안 맞는다

프라이데이

깊은 밤
가볍게 몸을 씻었다

따뜻한 욕조에 몸을 담그고
수증기가 거울 속으로 들어가면
사방은 비밀의 정원이 된다

냉탕으로 첨벙, 몸을 식힌 다음
비밀의 정원 속으로 들어가면
새로운 숲이 얼굴을 내밀고
나 혼자만의 밀회를 즐긴다

밤 11시에 귀가한 딸,
늦은 밤참을 먹느라 오물거리는 입술이
어찌 그리 사랑스러울까

아가~!
엄마는 금요일이 좋더라
잘 먹고 푹 자렴,

묵언

1.
오르막 인도,
굽어진 골목길 입구에
길 잃은 자전거가 누워 있다

갈 길 잃은 두 바퀴가
공중에 매달려 있고
울음을 토할 듯한
골목은 그늘과 전쟁 중이다

자전거와 리어카가 부딪쳤다
두 어르신은 말이 없다
표정은 깨어진 감자 같은데
마음은 감자 속살처럼 뽀얗다

감자 할아버지는 언덕을 올라가고
할머니는 폐지를 가득 싣고
내려가던 중이다
무슨 말이 필요하겠는가

2.
영문도 모른 채,
갑작스런 멱살잡이로
빛 가운데 던져졌다
플라스틱 상자에
겹겹이 쌓인 채
자전거 엉덩이에 실려 간다
세상에서 구르고 깨어지며
걸어온 길 여전히 나는
상처 난 골수가 흐르는 감자다

남대리의 아침

새벽 4시, 남대리의 아침이 열린다
지친 어둠은 더는 늑장을 부릴 수 없다
누구도 다녀가지 못한 새벽,
남대궐 펜션 닭장에서 미명을 여는 소리
홰를 친다

우렁차고 옹골지게,
저기요~~
여기요~~
남대리~~
선옥아~~
고추 따~~
그 울음소리 촘촘하고 선명하다
어느 누구의 추임새도 필요치 않다
새벽을 지휘하는 선옥이네 장닭 소리는
실한 고추만큼이나 익어 있다

울타리에 코를 박고 잠들었던 작두콩꽃도
밤새 날갯죽지가 생겼는지 병아리 흉내를 낸다
잔디밭의 터줏대감 고양이가 숨죽여 엎드려 있다

덩치 큰 개들은 점잖게 두 눈을 감고
아침 햇살을 즐기고
리기다소나무 뒤에 숨은 포도송이는
얼굴에 분칠을 하느라 분주하다
이슬 맞은 밤송이는
나리꽃의 자태에 밤잠을 설쳤는지
입을 쩌억 벌리며 하품을 한다

흑백이 교차하는 시간,
새들은 새 빛을 물고 와 아침 숲에 내려놓았다
선옥이가 쌀을 안쳐 놓고
붉은 고추밭 속으로 걸어 들어가고
남대리 들녘 가득
분주한 농부의 발자국 소리 깨어난다

자유인

수화기를 막 뛰쳐나온
해석하기 어려운 말 때문에
내 감정이 민망하게 추락했다

불어오는 바람의 속내를 알아차린 순간,
패턴의 입구에서 길을 잃고 말았다

자유롭고 싶었는데,
며칠을 굶었는지 모르겠다

밥 한술 구겨 넣고 삼키는 동안
눈물도 거짓말을 못 했다
날은 저물어 가는데
곤죽이 된 식은땀이 쏟아졌다

결국 참지 못하고
카스에 꼼장어를 말았다
술잔을 뚫어 보는 오래된 핑계가
뱀처럼 고개를 들었다

오래 묵혀 놓았던 주파수를 차단했다
고요한 평화가 깃들었다

벗들에게 1

일주, 하용, 정화야
살아오는 동안,
차고 넘치는 동행에 감사한다

진실한 우정을 받았고
아름다운 향기로
가슴 속까지 뜨거워졌다

이제 걱정하지 마
넘어지지 않고 잘 걸어갈 수 있을 거야

내가 걸어가는 길은
언제나 너희들이 마중 나와 있을 테니까

벗들에게 2

더 밀착되고 싶었어
사철 향기로 빛깔로 기지개를 켜는 꽃이 되고 싶었어

기분이 들뜨던 날에는
시원한 빗줄기로 뜨거운 가슴을 식혀 주고
마음이 건조한 날에는
소복한 함박눈으로 다가와
포근한 숨결로 허전한 영혼을 달래 주었지

아침에 날아든 새들의 수다가 정겹다
이렇게 고요한 순간,
펜을 잡는 이 시간은 너무 황홀하다

돌이켜 보면,
꼬리를 흔드는 강아지풀만 바라보다가도
입이 귀에 걸리던 날도 있었지
정말, 행복했었다
그 길을 한결같이 동행해 줘서 고맙다

살다가 지치고 고단할 때마다
양떼구름처럼 다가와 내 머리를 묻어 주는
너희들의 손길을 잊지 않을게

가을이 깊어 간다
단풍 들고 나면 낙엽도 떨어지겠지
봄이 가까워지면 너희들 웃음도 빛이 날 거야

하이원에 가면

숲 입구에서 만난 샤스타데이지
어찌 그리도 환한 웃음 쏟아 내던지
옹알이를 하는 아기 같기도 하고,
나라를 지키는 장병과도 같은
매 발톱의 자태
그 빛깔은 아녀자의 입술 같았지

빼곡한 산죽 앞바람이 멈추고,
수줍게 고개 숙인 수정초가 신비롭던 길
수많은 잎새 사이로 미소 짓던 산목련을 지나
끝없는 숲의 비밀에 호기심이 발동했었지

그 끝에
한 줄기 빛과 바람이 쏟아지고,
어찌나 평화롭고 포근한지
세상 모든 어머니의 품이 환생했는지
사랑이 숨 쉬는 성지였던 건지
빛과 바람이 자라고 있었어

난, 한순간에 머무르며
영원을 보았지

만 보를 걷다

등산화 속 곧게 세운 발가락이
종아리를 추켜세운다
발등을 지나 발목으로 미세한 경련이 시작된다
종아리를 타고 오른 힘줄의 통증은
서서히 대퇴부 근육을 뚫고
목줄기로 올라온다
후끈대는 경련,
오르막으로 쫓겨 올라가는 짐승이
달궈진 전두엽을 돌아 다시
아래로 아래로 복부를 적시고 발가락을 적신다
몸의 끝과 끝은 시작과 종점이 같아
생을 밝히는 열기,
뜨거운 수분이 되어 증발하고,

오장육부를 돌고 돌아 온 숨소리가
바람에 드러눕는다
오십오 년의 바람, 꽃처럼 눕는다

장맛비

후려치고
갈겨 대고
퍼부어 대고
끼얹고

또
후려치고
갈겨 대고
퍼붓고
날 울리고

휙,
돌아서던
그와 닮았다

비 그친 뒤
한 줌 비린 여운,
물안개로 피어났다

꽃이 나를 아프게 했다

첫 대면이 두려웠던 건
널 보낼 수가 없었던 거야
메마른 너의 모습이 아팠거든

며칠째 나의 턱 밑에서
빛깔로 향기로 파고드는 널
가슴이 마르도록 외면하지 못 했어

네가 떠나고 나서
내게 온 이유를 알게 되었어
미처 깨닫지 못했던 거야

꽃의 비밀을 알리러 온 거였어
해답을 찾을 때까지
내가 살고 있는 바로 이곳이
꽃자리였다는 걸 스스로 알게 하려고,
서둘러 떠났던 거야

그냥 되는 게 어딨니

꼬박, 1년 만에 클럽을 열었다
장갑은 어디에 뒀는지 기억나지도 않는
부산한 아침이 시작되었다
햇살은 제법 따갑고
신록이 다채로운 꽃바람이 불어왔다
출발부터 기분이 좋았다
홀 컵에 저절로 "뎅그랑" 소리가 날 것 같았다
가슴이 두근거리는 순간
어디서 발동한 자만심인지
팔에 힘이 들어가고 손목이 꺾였다
공은 홀 컵을 한참 빗나갔다
몇 번을 왔다 갔다 하며 포터와 실갱이를 했다
첫 홀 아웃이다

머리 처박아!
힘 빼!
선배의 충고로 겨우 18홀을 완주했지만
여전히 백 타 아래로 내려가지 못해
백순이가 되었다

힘 빼는 데만 3년은 걸린다는데
나는 여전히 6년째 어깨에서 힘을 빼지 못하고
머리를 고정시키지도 못하고
네 시간 넘게 들뜨고 화나고 온몸이 축 처진 채
18홀을 마치고 말았다

갑자기 '나도 작가' 선생님 말씀이 홀 컵에서 툭,
튕겨져 나왔다
"일 년 만에 시가 되겠어?
최소한 십 년 이십 년은 써야지,
쉬지 말고 계속 써"

길 잃은 아침

산 중턱 잣나무를 오르내리던
청설모에게 눈길을 주던 아침
숲으로 난 길을 따라
마음이 멈췄다

두 갈래의 길,
어디로 가야 하나

처음 발자국을 내던 사람의 체온을 생각하며
흙의 온도를 재고
풀잎의 맥박을 재 보았다

그리고 푸른 심장이 펄떡이는
숲의 가슴에 귀를 대 보았다

소풍길에서

1. 합창
목마른 대지가 옷고름을 풀던 날
하늘에서 쏟아진 황토 빛 기운이 대지를
흥건히 적시던 이른 새벽,
촉촉한 새순들이 눈을 비비며 옹알이를 시작하고
산천이 기지개를 켰을 거야
평화로운 대지는 꽃향기와 나비의 날갯짓을 쫓는
해맑은 아이들의 웃음소리에 뿌듯했겠지
꼬리로 파리를 쫓으며 배부른 어미 소들의
송아지를 부르는 소리가 좁은 골짜기를 지나가면
나비와 벌과 새들도 모두 몰려나와
푸른 초원의 노래를 부를 거야

2. 도둑놈들

금을 긋기에 땅따먹기 놀이인가 했더니

울타리를 만들고 기둥을 세운다

네 것이냐,

내 것이냐?

신돌 위의 가죽 꽃신을 놓고

낡은 짚신을 등한시하며

눈과 귀가 먼 사랑채에 짓밟히어

벙어리 냉가슴 칠 때 달빛은 밤새 울었을 거야

발가락이 짚신을 뚫고 나오고

죽창들이 춤을 추고

섬 오랑캐의 총칼에 짓이겨진

적삼의 뜨거운 피 냄새가 났을 거야

담장 아래 핀 봉숭아는 알고 있을 거야

3. 재앙

홍역이 지난 지 얼마라고
천연두가 지난 지 얼마라고
아이들의 웃음소리가 말라 가고
안팎으로 쓰러져 다시 일어나지 못하고
노소를 가리지 않는다는데,
짚신과 가죽 꽃신인들 구분했겠어
영혼은 인간의 발원지인 하늘 길을 오르고
육신은 대지로 길을 냈을 테지
똥장군의 지게야
너는 호열자*를 보았겠구나

* '콜레라'의 음역어

4. 짐승

그 겨울 방방곡곡에서 촛불을 밝히고
광화문 광장에서 서로의 체온으로 꽃을 피웠던
민중의 응집력은 어디로 갔는지
두 발 달린 짐승들이 고층 아파트 밖으로
아이를 던지고
제 부모를 찌르고
제 이웃을 죽이는
두 발 달린 짐승보다 못한 물건이 여기 있구나

5. 팬데믹의 끝

바람이 분다

빈 상가를 후려치고

바다 건너 타국 땅도 입을 틀어막는다

두 발 달린 짐승도 파충류도 가리지 않는다

그러나 우리는 안다

새날이 오고 있다는 것을

새봄이 가까이 오고 있음을,

꽃잠

달성사 아래 작은 아파트에서
엄니의 마중을 받았다
텃밭인지 꽃밭인지 구분이 안 되는 곳을
주홍빛 나리꽃이 호령하고 있었다

엄니의 얼굴을 닮은 꽃의 기세가
햇살을 꺾어 놓은 듯 시원했다
총각김치, 명이나물, 절임지랑 이것저것
한 보따리 싸서 건네 드렸다

낯설지 않은 사람들과 밥을 먹고
낯설지 않은 사람들의 배웅을 받으며
마을을 통과했다
소환된 기억들을 바리바리 싸들고
길 위에서 길을 떠났다

엄니와 헤어져
태백을 출발해 사북을 거쳐
자정이 넘어 도착한 집에서
씽크대 가득 쌓인 그릇을 씻는데
신경계를 틀어막고 있던 수돗물이 흘러 넘쳤다

새벽비가 내렸다
모처럼 단잠을 잤다

제3부

나를 위한 애가

썰물

멀어지는, 너를 아쉬워하지 않았어
단지,
뒷걸음치는 네 모습에
안타까웠을 뿐,

너는 제발
아프지 마라

봄과 여름 사이

진주 빛 꽃등 너머
이팝나무꽃들이 하늘을 채우고 있다
야트막한 산자락으로 아카시아 배부른
꽃들이 너울너울 손짓을 한다

꽤 여러 날을 가슴을 열고 술렁거리는데
벌 한 마리 보이지 않는다
찔레꽃 새순도 야물어지는데
벌 한 마리 보이지 않는다

신록은 점점 짙어 가고
바람은 점점 뜨거워지고
그리움은 점점 여위어 가는데
해가 져도 노을은 사라지지 않는다

Good Bye 35도

내가 내게 오는 동안
멋쩍게 바라보는 구름을 절대 아는 척하지 않았다
빗줄기에 어깨가 후줄근해도 아무렇지 않은 척
버찌의 검은 물이 발목을 잡아도 태연한 척,
길 위 찻집을 무턱대고 어른거리는
기억에도 생각 한 점 나눠 주지 않았다

폭염 속 슬쩍 파고드는 부채질에,
바람날까 두려워
뜨거워도 내색 않고 부지런히 걸었다

미련이니,
아쉬움이니 쓸데없는 감정은
내팽개치고 직진했다
푸른 강을 건너올 때는 조금도 흔들리지 않았다
길가 꽃잎에도 눈길 한 번 주지 않고 곧장 왔다

아린 가슴 터질까,

길을 잃을까,

내 것 어느 것 하나 흘릴세라

고민하지 않고 무조건 직진했다

그리고

실내 온도 30도에 널 가둬 버리고 말았다

내지르다

나의 호칭은 이름과 무관하다

초반의 무게는 견딜 만했다
여자, 아내, 엄마
월급봉투가 얇아도
옆집이 2층으로 건물을 올려도
동글동글한 우리 아기,
까르르 웃는 소리가 더 행복했다

중반의 무게는 어지간했다
맏이도 종부도 아닌 내가
조상님 제사를 일 년에 여섯 번씩 치르며
우울증에 시달리기도 했다

거동조차 못 하는 시어머니의
기저귀를 갈아 드릴 때는
내 새끼의 구수한 황금 똥 냄새와는 차원이 달랐다

후반에 들어,
주저앉은 어깨는 나를 가늠치 못 하겠다
여자, 아내, 엄마, 자부라는 감투에서
임신, 출산, 폐경, 갱년기로 이어지는
다시 여자로 돌아가는 시간은
결코 순탄치가 않다

약국 출입문 계단이 더 익숙하고
병원 이름이 더 친숙한 중년의 내가
지갑을 열고 가계부 숫자를 가불한다

죄를 짓는 것도 아닌데
결혼 26년 차 보너스를 받은 적도 없는데
난 이직할 마음도 없는데

당당하게 내지르지 못하는 이 심정은
내 안에 무엇이
나를 끌어당기기 때문일까?

나를 위한 애가

한바탕 퍼붓고 마는가 싶더니
또다시 쏟아지는 빗줄기,
어찌 그리 내 마음을 닮았는지
번개가 가슴에 떨어진 듯
맥박이 빨라지고 숨이 목울대까지 차오른다
뜨거운 열기는 어느새 심장까지 달구고
귀청을 울리는 천둥소리에 온몸이 감전되고 말았다
이렇게라도 울어야만 했어
그래야 심장이 터지지 않을 것 같았거든
새벽 내내 폭우로 쏟아졌던 거야
홍수처럼 말이지
세상에 내어 준 지난 56년은
상처투성이야
큰 가시 하나가 이제서야 빠져나간 것 같아
부모가 세상의 전부인 줄 알고 살아왔던
기억이 리셋되고 있어
밤새 한 아이의 눈물을 보았어
발가락이 시리고 심장은 쿵쾅거리고
두 손으로 심장을 보듬어야 할지 발가락을 쓸어야 할지
어디부터 감싸 줘야 할지 몰랐어

이불을 끌어다 발을 덮어 주었지만,
꼼짝을 할 수 없었지
온몸까지 시려 왔고 별을 볼 용기가 나지 않았어
심장은 두 손에 감싸인 채 가슴을 뚫고
나올 것만 같았어
내게 드리운 무형의 가슴앓이는 나만 겪고 있었던 거야
아무렇지 않게 살아온 지난 56년이 통째로
사라지는 느낌이지
겨울 갈대처럼 서걱거리는 시간이야
그냥 나 혼자 으르렁대다가
쓰러지는 천둥처럼

내 생각은 솔드 아웃 중

침실에서 거실까지 겨우 몇 발짝 옮겼다
3인용 소파는 혼자 누워도 넉넉하다
눈꺼풀은 여전히 무겁다

라흐마니노프의 피아노 협주곡에 맞춰
무거운 마음을 입수하고
쪽빛 수면 위로 미끄러지듯
누구도 침범하지 못한 성스러운 아침을 맞이한다

냉장고 서랍 속에는 뭐가 있을까
냉동실 갈비를 꺼내 놓아야 하나,
민어를 녹여야 하나
어제저녁에 먹고 남은 반찬은 뭐가 있었나
요트에 실린 채 파도치는 마음을
밥상 위에 올렸다 내렸다 분주하게 오가며

딸내미 방학 동안
요것조것 만들어 잘 먹이겠다고,
마음만 앞섰다가
적은 식구 때문에 버리는 음식이 더 많다고,
'배달의 민족'에 기댄 채
텅 빈 주방만 바라본다

그리고 잠시 낯익은 목소리,
"엄마, 빵 우유!"
잡다한 생각은 솔드 아웃이다

이래도 되나요

오천 년 역사를 자랑하는
나라라는데,
단군 이래 구구절절
피눈물이 그치질 않는다

일 년 내내
별별 국제적인
스케줄이 끊이지 않을 정도로
케이 팝도 스포츠 행사도
성공적으로 잘 치렀었는데

중복 무렵엔
홍수로 둑이 터져 사십여 명이 죽고
말복 무렵엔
폭염으로 새만금에서 천여 명이
실려 나갔는데
책임지는 사람이 없다

골든 타임만 지켰어도
모두 살릴 수 있는 목숨들을,
모두 안전할 수 있는
귀한 순간을
방치하고 늑장 부리다가 책임 떠넘기기에 바쁜
이런 나라를 믿을 수 있나

비무장 지대

여기는 쑤셔 대고
저기는 파헤치고
밑에는 대충 메웠다

어제 한 말은
기억 안 나고
불리한 건
모르고
요리조리 핑계 대며
미꾸라지처럼 빠져나간다

온몸이 물에 잠기고
숨을 쉴 수도 없고
사정없이 깔려도
아무도 도와주지 않는데

우린 어디로 가야 하나요?

나팔꽃이 피었습니다

동틀 무렵
뚜벅뚜벅 걸어 십 리 길
나팔꽃을 만났어요

곱다고 말해 주었지요
요즘 어떻게 지내느냐고
물어 오길래,
조금은 불안하지만 아직은
무탈하다고 했지요

엊그제 정신 병원을 탈출한 놈 하나가
홍범도 할아버지를 욕보이더니
후쿠시마 원전 오염수를 마셔도 된다고
큰소리치며 용산 근처를
떠돌아다닌다고 하네요

알고 보니 그 미친놈
아버지는 조상 대대로
친일파였다는데 주리를 틀까요?

그제야
나팔꽃 일제히 고개를 들더군요

초롱이에게

소리도 못 내고 울었을 거야
아니, 매 맞는 게 두려워 눈물조차 흘리지 못했을 거야
매 순간 고통이었겠지
일방적인 욕설은
주말이면 어김없이 겪어야 하는 폭력은
짐승들의 화풀이 대상이었지

악마들의 시선에 밟히지 않으려고
몇 평 되지 않는 공간에서 숨죽이며
까치발로 하루하루를 보냈겠지

악마들이 잠든 밤,
긴장이 풀렸을까
꿈이라도 꾼 걸까

세상에 가장 포근하게 감싸 주던 베개에
얼굴을 묻고 잠들면,
그곳이 어미의 품이라 생각한 걸까
아침마다 베개는 축축하게 젖어 있었겠지

어미여도 어미가 아니고
아비여도 아비가 아니었던
그 틈에서,
너는 지옥의 시간을 보내고 있었던 거야
하늘도 참 무심했구나

에스테틱, 계절

훈풍 사이로 빛이 산란한다

어느 하루
깨알 크기로,

시나브로
한 점
기미 검버섯처럼 침투했다

어느새
붉고 누런 얼룩 반점이
한반도 나뭇잎을 뒤덮었다

글썽대는 얼굴
애처로운 마음을 안고
피부 샵으로 간다

그녀의 테크닉은
코골이 장단이 시작되고,

여전히
잘게 가늘게 부서지는
햇살은 나를 침투한다

되는 일이 없다

1.
"상대방 얼굴을 쳐다보면 안 돼
상대방 오른쪽 어깨에 왼손을 살짝 올리고
시선은 상대의 어깨를 향해야 해
오른쪽 손은 상대의 왼손에 가볍게 올려야 해
상대방의 배꼽과 거리는 주먹 한 개 정도로 유지해야 해
엉덩이는 뒤로 빼지 말고
무릎은 굽히지 말고
다이아몬드 걸음도 해 보고
삼각 걸음도 해 보게 될 거야
멋스럽다고 급하게 흉내 내지는 마
넌 처음부터 정확하게 습득했으면 좋겠어"
어느 선생님의 말씀이다
지르박의 기본이다
그런데 아뿔싸, 시작하자마자
주먹 한 개의 거리는 폭삭 무너졌다

2.

욕실 배수구에 물때가 끼었다

분무기에 소량의 락스와 물을 섞어 벽타일과 바닥에 뿌려 준다

한 잔의 커피를 느긋하게 내어 줄 시간은 필요하다

덤으로 한 줄 글을 필사할 시간이면 금상첨화다

유독 냄새에 민감한 코에 마스크를 씌워 주고

손에는 장갑을 입혀 준다

솔로 살살 문질러 주고 뜨거운 물을 끼얹었다

욕실 청소에도 순서를 만들면

손발이 고생을 덜 한다

단시간에 끝내려다가 손과 발이 아프고

코가 고생했던 때가 있었으니까,

욕실 문을 닫으려는데

아 이런, 두루마리 화장지가 울고 있다

3.

언어의 이랑이 참 길다

긴 이랑 짧은 이랑 채우고도,

뒤뜰 앞뜰에 한 움큼씩 뿌렸는데도

쌓이고 쌓인 언어의 확산은 멎을 줄 모른다

특단의 조치, KF94 주문에 들어갔다

가을바람

귀뚜라미 소리에 깨어난
가을 주머니
고요한 달빛에 툭 터지네요

주위를 맴돌던 바람
사슴 닮은 속눈썹 속으로 들어가
뺨을 어루만지네요

알 수 없는
그리움이 밀려왔어요

"네게 돌아가기엔 너무
멀리 와 버렸다"라던 당신,
바람 냄새에 실려 와

오늘 밤은 별빛으로 오실까요

정오의 그림자

시간이 잠깐 멈춘
오전과 오후 사이,
이중주의 거리에
계절을 밀어낸 낙엽들이
저마다의 사연을 물고 누워 있다
서로의 그림자에 기대
낯설지 않은 옷깃을 비비며
햇살의 치마를 붙잡고 있다
하루의 분기점이 되고
인생의 분기점이 되는
막막하지만 막막하지 않은 경계에서
햇살의 뒤를 돌아 내 그림자를 만진다

잎새의 삶

바람이 분다
고지가 멀지 않았다
팽그르르 현기증을 일으키는,
사지에 힘이 빠지고
낙엽이 떨어진다

바람이 꽃잎을 시샘하여
세상 부러움 없는 관심을 받고 있다

별빛 사리가 쏟아지듯
하늘을 찌를 듯한
그리움이 몰려오고

지나가는 길목마다
휘청거리는 발걸음
목이 멘다

바람이 분다

제4부

봄으로 가는 길

요람에서 요람으로

나 세상에 처음 올 적에 천지를 진동하는
뇌성벽력으로 왔겠지
내가 태어난 순간이 기쁨이었는지 고통이었는지
자세히 기억나지는 않지만
영문도 없이 태어나
눈을 떠 보니 지상의 작은 오막살이 집이었다

가난이 날마다 운동화 끈을 갈아 먹어도
한 번도 소리 내어 울지 않았고
찬바람에 손가락이 굳어져도
한 번도 세상을 향해 굽실대지 않았다

나 생을 마감하는 그날이 온다면
당당하게 웃으며 가리라
처음 세상에 오던 날처럼
누군가 나를 위해 슬피 울어 줄 한 사람만 있다면
한바탕 잘 놀고 간다
작별 인사를 건넬 것이다

홍시

생살을 찢고 세상에 처음 나오던 날
눈 맞춤을 한 소년이 있었어요
탄탄한 탯줄에 감겨 탱글탱글하던 나를
하루에도 수백 번씩 쳐다보더니
결국 그 눈빛에 가슴까지 빨갛게 녹고 말았어요
소년의 키는 그새 한 뼘쯤 자랐고
나무의 키는 그만큼 낮아졌어요
들판엔 오곡백과가 익어 가고
낯선 어느 집 식탁에선
모국어가 익어 가는 소리가
까르륵, 거리며
시간의 담장을 넘어가고
소년의 빨갛게 상기된 볼에
노을이 물들고 있네요

기다림

시골 자갈길에
낙엽이 뒹구는 소리,
그 사람의 목소리인가

울리는 전화벨 소리
그 사람인가

버드나무에 바람이 술렁댄다
그 사람이겠지

덜컹, 가을에 취한
오늘을 보냈다

어제처럼,

가을, 꿈

계절의 끝에서 불어오는 바람이
당신인가 했습니다
동강가 강태공 뒷모습만 보아도
가슴이 철렁했습니다
애써 태연한 척, 했지만
밥을 먹다가도
차를 마시다가도
당신이 늘 나를 보고 있는 듯했습니다
그래서 견딜 만했습니다
어쩌다 당신이 부르던 노래라도 들려오면
가슴이 철렁, 내려앉았습니다

그러다 차마
꿈속까지 따라 올 줄은 몰랐습니다
그리움이 목울대까지 차올랐나 봅니다
저절로 눈물이 터지고 말았습니다

9월 9일 일기

오전 8시, 방랑 시인 김삿갓이 걸었던 외씨버선길 고개를 넘었다
울창한 숲 사이로 햇볕의 온도가 깊어지고 있었다
푸르름을 뿜어내는 숲의 그림자는 아스팔트 열기를
어루만지고 있었다
가을을 불러온 꽃들은 바람의 온도를 부채질하고
잃어버린 내 웃음의 주소는 코스모스에서 찾았다

소백산 마구령을 따라 흐르는 물줄기에
푸르르게 씻긴 쪽빛 하늘이 투명한 산길을 비추고 있다
사람 손길이 닿지 않은 청정 산길의
물봉숭아 한 떨기에 따스한 미소가 묻어 나오고
계절을 가불한 붉은 오미자나무에 시린 별빛만 가득하다

선옥이를 만난 지난봄부터 이어지는 수다는 점점
대자연의 신비한 성장통을 경험하느라
시간 가는 줄 모르고 있다

영부로 890번길 남대궐 펜션의 하늘이
층층 구름으로 넓어지는 저녁 시간,
마당에 밥상을 차린다
내 두 번째 시집 표지에 친구들의 모습을
담고 싶다고 했더니
복순이는 머리를 다시 묶고
정화는 머리를 풀어 헤치고
선옥이는 모자를 고쳐 썼다
그리고 손은 모두 머리에 하트를 그렸다

고기를 굽던 현철이 사진을 찍어 주고 노래까지 들려주느라,
오락부장 역할까지 아끼지 않았다
삼겹살 한 점, 파절이를 돌돌 감기도 전에
입술이 먼저 젓가락을 향했다

소중한 친구들이 새콤달콤 매콤한 파절이와
고소한 상추처럼 어우러지면 좋겠다
서로를 위해 부족하면 양념을 자처하고
넘치면 비우는 법을 나누며
선을 넘지 않는 성장이 필요하다는 생각을 했다

언제 봐도 부지런하고 밝은 모습의 복순이는
싱크대에서 벗어날 줄 모르고 치우고 나서도
잠시도 쉬지를 않는다
손목이 아파 보호대를 두른 채 쓰레기를 비우며
자리 정리에 바쁜 정화와 밭으로 마당으로 분주하게 오가는
선옥이의 뒷모습이 예쁘다

어둠이 잔디밭에 내려앉자
나무에 삼색 불빛이 은은하게 피어났다
9월의 크리스마스트리에
그녀들의 웃음소리가 잔디밭에 통통 구른다
풍성한 들녘의 물봉숭아꽃 빛을 닮은
그녀들의 마음이 향기롭다
밤이슬을 타고 잔디밭을 적시는 연분홍 꽃물에
팍팍했던 가슴이 따뜻하게 데워졌다

9월 10일 일기

복순아! 반가웠어
소리 내어 웃던 1박 2일의 시간 너무 즐거웠다
언젠가는 고맙다는 말을 하고 싶었어
동강 제방에 백일홍 만발했던 어느 여름날
선약도 없이 방문한 친구들에게 제육볶음과 오디주를 내어 주며
항암치료로 부끄럽기 그지없는 나의 몰골과
어눌한 말씨를 보듬어 줘서 고마웠다
저녁별이 하늘을 메우던 그 시간
친구들을 반겨 주던 너희 부부의 다정스런 마음씨에
굳어져 가던 몸과 마음에 온기가 느껴졌었다
붉은 덩굴장미가 흐드러진 풍경을 바라보며
네가 만들어 준 시원하고 상큼한 생과일주스도 정말 맛있었어
타들어 가는 듯한 목줄기가 늘 고통스러웠는데
넉넉한 생과일주스 덕분에 목줄기가 부드러워졌고
풀숲을 헤치고 날아든 바람이 탱탱하게 부어오른
발목에 닿았을 때 시원한 기운이 느껴졌던
아주 특별한 기억을 간직하고 있단다
너의 민첩한 음식 솜씨와 친절하고 다정스럽던
네 남편 목소리가 참 정겨웠어
돌아오던 길 별빛이 따라 나와,

마당 곳곳에 만발하던 덩굴장미의 꽃 빛이

너희 부부를 참 많이 닮았다는 생각을 했었다

아직도 쉽게 집중력이 깨어지고 말투가 어눌하고

생각의 폭이 전과 같지 않아서,

그런 내 자신을 간헐적으로 느낄 때면 속상할 때도 있지만

이만큼의 상태도 감사한 마음으로 적응하려고 애쓰고 있다

내 건강이 좀 더 회복되면 너희 부부에게

맛있는 밥 한 끼 지어 주고 싶다는 상상을 하기도 한다

솜씨가 없어서 염려가 되기도 하지만,

아마도 내가 차린 밥 한 공기는 비워 줄 거라 생각도 하면서 말

이야,

건강하게, 즐겁게, 따스하게 지내다가 훗날 다시 보게 되면

반가운 시간 가져 보자는 마음과 아울러

그 여름날의 고마움을 이 시집을 통해 전한다

별빛이 자라는,

꽃향기가 바람에 나부끼던 그 여름날

동강 카페의 황홀한 순간을 기억하며…

구월 풍경

신부 언니가 축사를 한다
눈물과 웃음이 묻어 나오는
언어의 물결에 내 눈이 뻐근해졌다

신부 어머니가 손수건으로 눈물을 닦는데
신랑은 입이 귀에 걸려 싱글벙글이다
순백의 면사포에 웨딩드레스를 입고 서 있는
신부의 모습 속에서
이십육 년 전 내 모습을 발견한다

언니, 참 훌륭해요
보기가 좋아요
두 딸과 사위, 손주들까지 얼마나 다복한 모습인지요
덕분에 많이 웃고 갑니다
우리 조만간 언니네 가게에서
노가리 안주에 호프 한잔하며
밀린 이야기를 하기로 해요

사랑해요, 미옥 언니

길 위에서

빨간불이 켜졌다
횡단보도를 건널 수 없겠다
강아지풀을 만났으니까

나팔꽃에게 말을 걸었다
지나가는 사람이 이상한 눈빛으로
쳐다보는 줄도 모르면서

분수대 앞
녹색 신호를 그냥 보내야만 했다
자꾸, 쳐다보는
장미꽃을 외면할 수 없었다

달맞이꽃을 보았지만
만질 수는 없었다
또와식당 된장찌개가
발걸음을 재촉했으니까

버스표를 예매하고 돌아오니
배 속을 채웠던 구첩반상에
공깃밥 추가는 어디로 갔는지
배는 또 푹 꺼져 있었다

삭제

한가위를 앞두고
밤바람이 몰고 온 빗줄기가 스산하다
업무에 시달렸는지,
빗줄기가 가로막아서인지
시골길을 달리는,
자동차 바퀴까지 지쳐 보인다

어디론가 전화를 건다
밥은 먹었냐고
명절 잘 보내라고,
발신자와 수신자의 대화는
불빛에 날아드는 빗방울처럼 부서지고
튕겨져 멀어지는 빗방울은
시간의 경계를 넘어 꿈틀거린다

잡다한 말들이 오가고
지루한 내용에 긴 하품이 늘어질 때쯤
통화를 종료한다

까칠한 비바람이 따라와
공중에 흩어졌던 음성을 삼켜 버리고
바퀴의 그림자마저
백스페이스로 지워 버렸다

아가, 힘들지?

어느 날은 밤을 새우고
어느 날은 한두 시간만 자고 등교를 한다
얼굴은 붉게 물집이 생겼다
아이들의 미래에 등급을 매기는 나라라니,
대학의 의미조차 제대로 파악하지 못한 채
졸업 후 먹고 사는 일의 노예를 만드는 나라,
어른은 없고 꼰대만 있는,

오늘도 난, 소파에서 대기 중이다
아장아장 걸을 때 잘 먹던 밤을 삶아 놓고
단물을 쪽쪽 빨던 포도를 씻어 놓고
좋아하는 김치찌개, 된장국을 끓이고,
뭐든 조금이라도 먹이고 싶은데

그 좋아하는 망고와 키위는 쌓아 놔도
겨우 미숫가루 한 잔 마시고
도넛을 찾고 피자를 찾는다
말이 떨어지기도 전에 준비해 놓았지만
한 조각도 제대로 못 먹는다

이번 추석은 연휴가 길어서
외갓집에서 하룻밤 자고 오자고 했더니
나를 바라보는 눈빛이 예사롭지 않다

1학기에 아무 생각 없이 너무 놀아서
시험 기간이라 갈 수가 없다고 했다

잘 노는 것도 공부라고
잘 먹어야 노는 것도 힘이 생기고
공부도 체력이 받쳐 줘야 된다고,
마음속으로만 한 마디하고
잘 견뎌 주기를 기도한다

환희의 시간

북평5일장에 가 보았다

지팡이에 의지해 장터로 마실 나온 노파의
걸음걸이를 따라
흰 눈을 머리에 이고 가지런히 빗어 내린
이마 위로 초년의 빛나는 숨결이 따라왔다

푸성귀 몇 덩이, 콩 한 되, 더덕 몇 개
고구마 몇 개, 고춧가루 한 봉지
펼쳐 놓은 할머니 곁을 지나
장날표 찹쌀 도너츠 하나 사 들고
비척비척 인파 속으로 걸어 들어간
노파가 사라졌다

어물전을 지나고 채소 리어카도 지나고
커피 아줌마도 지나쳤지만 보이지 않았다
드디어 지팡이를 던지고
초년의 소녀로 돌아간 노파의
발걸음을 알아채지 못했다

모기를 척살하다

11월 어느 날 밤,
나는 그 녀석과의 접촉을 피하고 싶었다
아주 떠난 줄 알았기에
오랫동안 잊고 살아왔건만
얼핏 백 일 만인가,
한밤중에 버젓이 내 몸을 읽어 대고 있었다
갑자기 찾아와서 매일 밤 소리로 존재를 알려 오더니
지난밤은 그마저도 부재중이었다
허벅지며 이마며 팔뚝까지 추행을 당했다
나는 기력 없이 밤새 긴장의 시간을 보냈는데,
이른 아침 아무 일 없었다는 듯
현관문을 열고 가볍게 나가는 녀석의
뒤통수를 사정없이 갈겼다
붉은 피가 벽지에 번지고
시커먼 사체가 박제되었다

할머니의 손맛

고방* 뒷마당 응달에는 허리가 반쯤 땅속에 묻힌 채
가마때기 덮어쓰고 삼동을 보내던 항아리가 있다
항아리 앞에 엎드려 꺼낸 김치를 할머니께 갖다드리면
대가리를 숭둥 잘라 낸 포기김치를 쭉 찢어
물 말은 밥숟가락 위에 올려 주셨다
다른 반찬이 없어도 저절로 밥이 술술 넘어가곤 했다

늦은 밤, 김치 국물이 밴 손으로
돋보기를 코에 걸치고
벌레 먹은 콩을 골라내던 할머니에게
"이것도 빼요? 이런 건 어떻게 해요?" 물을 적마다
골라낸 콩 숫자보다 대답이 더 늦게 돌아오곤 했다

---

* 곡류를 보관하던 곳

정월 대보름이 지날 때까지
아침 밥상에서 시원하게 우려난 김칫국 맛은 아직도 생생한데,
입춘이 지날 때까지 짭조름하게 살얼음이 씹히던
동치미 맛이 아직도 생생한데,
시간을 아무리 거슬러 올라가도 할머니의 손맛은
어디에서도 찾을 수가 없다

사북의 고백

내 나이 열네 살 되던 해,
사북시장 입구 맞은편
지금의 신협 자리쯤 되려나
레코드 가게 앞을 지나다 보면
캐럴 송이 흐르고 옆집 제네바 제과점엔
반짝이를 걸친 트리가 솜뭉치를 물고 있었다
남성 수제화가 고급져 보이는 역전 아래의
짚신 양화점 앞을 지나 오복상회 앞에서
지장산으로 가는 버스를 기다리다 보면
왼쪽으로 두어 번째쯤 집을 지나 여닫이 유리문
안에서 재봉질을 하는 세탁소 아저씨를 만났었다
함백산 줄기를 따라 소복이 쌓인 눈을 쳐 대는 바람 소리는
대낮에도 귀신 울음처럼 음산했던 그 무렵,
의자도 손잡이도 사람들의 눈빛도 모두 까맣게 녹아내리던
까만 발자국을 따라 무심한 버스가 오고 갔다
크리스마스 무용 연습을 한다고
교회 다니는 임순이네 집에서 연습을 하고
느지막이 친구들과 헤어져 집으로 가다 보면
가로등 아래로 보이는 탄광 사택촌의 불빛은
크리스마스트리처럼 반짝였다

아버지 '을'반 출근하는 발걸음도 배웅하지 못한 채
철없이 캐럴 송에 빠져 까만 길을 방황하던
사택촌 그곳에는 지금,
밤새도록 카지노 불빛이
크리스마스트리처럼 지장산 자락을 밝히고 있다

정암사에서

어머니와 함께 정암사에 들렀다
마침 산사음악회가 열리고 있었다
태평가 소리가 함백산 자락을 울리고 있었다

제법 쌀쌀한 바람에 나부끼는 연등은
수능 백일기도를 올리는 사람들의 염원을
담은 채 흔들리고
꼬리표마다 매달린 낯선 이름들이
수마노탑을 향해 합장을 했다

두 손 모아 고개 숙인 어머니의 뒷모습이
어느 때보다 간절해 보인다
왜소해 보이는 어깨 위로
수십 년 풍상의 흔적들이 지나갔다

산신각 칠성단에 어머니가 피우는 향불은
자식과 손주들의 무사를 발원하는
봄날의 아지랑이 같다

가슴속에 오래 쌓아 두셨던 소망
꼼꼼하게 빌고 있는 어머니를 바라보며
나는 차마 말을 못했다

봄으로 가는 길

앞산, 나무들이 거꾸로 서서 따라온다
계절을 비워 낸 자리 통증도 잊은 채
굵은 뼈를 보여 주며 따라 온다

봉당을 말끔히 쓸어 놓고
하루의 감정까지 쓸어 놓은 채
하늘을 걸어 내려오는 나무들,

흑백 필름 한 장 가득
엑스레이의 골절 부위만 드러낸 채
시속 백이십 킬로의 고속도로를 따라 온다

봄이 가까워지고 있나 보다

시인의 산문

오빠에게

오 남매의 맏이인 오빠, 그간 별고 없으셨는지요. 학창 시절 유난히도 추웠던 어느 해 겨울, 신문 배달을 끝내고 현관에 벗어 두었던 검은색 젖은 운동화를 부뚜막에 올려 주지 못했던 일이 생각납니다. 연탄아궁이 위에 집게를 걸치고 운동화를 엎어 놓았더라면 눈에 젖은 마음도 뽀송하게 말랐을 텐데요. 단 한 번도 어긋난 길을 걸어가지 않으시고 올곧게 한평생을 모범적인 가장으로, 모범이 되는 오빠와 형으로 강건하게 열심히 살아오신 시간들을 생각하면 든든하고 고맙고 미안합니다.

초복 무렵 유례없는 폭우로 남부 지방의 피해가 컸던 7월, 서울에선 앳된 초등학교 여교사의 자살 소식이 우리들 가슴을 먹먹하게 했습니다. 참으로 기가 막히고 가슴 쓰린 현실에 분노와 참담함이 사그라들지 않습니다. 어쩌다가 학교에서 어린 학생들이 선생님을 폭행하고, 학부모가 갑질과 폭력으로 신성한 교육 현장마저 무참하게 파괴하는지, 추악한 기성세대의 민낯을 보여 주는 것 같아 차마 아이들 눈을 똑바로 바라볼 수가 없습니다. 이 땅의 곳곳에서 단순 자살로 치부한 선생님들의 죽음이 일 년에도 수백 명이 된다고 합니다. 어쩌다가 우리가 이런 지경에 이르게 되었는지, 말문이 막힙니다.

오빠, 어제부터 태풍 '카눈' 소식에 전국은 비바람이 몰아치고 눈물겨운 흰 국화꽃은 정처 없이 또 주인 없는 교문 앞을 지키고 있습니다. 입추가 지난 말복 날 아침, 여전히 그치지 않는 빗줄기에 얼마 전 써 놓았던 산문 한 편이 떠올라 옮겨 적어 봅니다.

말을 잃었다.

문득, 딸아이 초등 저학년 때의 일들이 선명하게 소환된다.

자유로운 시골 풍경 속에서 자연을 바라보며 동시 쓰기로 사물의 아름다움을 묘사하며 감성을 키우고 가족 같은 선생님들의 관심과 배려 속에 자존감을 키워 왔던 딸은 장래 희망이 선생님이라고 했다. 그 시절 딸이 다니는 학교에서는 한자, 바이올린, 컴퓨터, 독서 활동, 난타 등의 다양한 프로그램을 진행해 아이들의 끼를 발견하고 경험하는데 큰 밑거름이 되었다.

다양하게 접해 보았던 교육 환경 속에는 언제나 열정적인 선생님들이 함께했고, 그런 활동들을 통한 동기 부여는 지금까지 딸의 호기심을 불러일으키는 데 부족함이 없다. 이젠 어디에 가도 부끄럼 없이 자신을 표현하는 데 주저함이 없다.

어느 날은 흡족한 표정으로 엄마가 좋아하는 상장이라며 불쑥 내밀곤 했다.

고등학교 2학년, 바쁜 학업 시간에도 불구하고 이것저것 배워 보겠다고 적잖게 타협해 가는 듬직한 딸의 요구를 반대할 이유는 없다. 교사인 오빠는 내 딸의 롤 모델이었다.

아침 등굣길이 언제나 즐겁고 학교생활이 행복하다는 딸이었는데, 어느 날부터 교사는 절대 하지 않겠다고 했다. 물론 자라는 동안 수십 번도 더 바뀌는 게 아이들 마음이라지만, "왜 마음이 변했을까?" 물었더니 "우리는 손 다친다고 가위는 조심스럽게 다뤄야 한다면서 색종이도 빠르게 잘 자르는 우리 선생님, 급식소에서 나보다도 늦게 배식 받았던 선생님, 천사 같은 우리 선생님이 불쌍하다"고 말했다.

구체적인 이유를 묻자, 아이들과 선생님만의 신성한 공간인 교실에 어떤 엄마가 찾아와서 선생님께 욕설을 퍼붓고 인격 모독을 했다고 한다. 우리끼리 잘 놀고 있는데 학부모라고 나타나 교실 분위기를 망치고 학업 현장을 폭력적으로 만들면 공부할 맛도 안 나고 학교 가는 게 기분이 나쁘다고 했다. 그러면서 엄마는 절대 학교에 오지 말라고 여러 번 당부했다.

"안 갈 수도 없잖아"라고 했더니, "선생님이 오라고 할 때만 와."라고 한다. 학부모 참여 일에만 가는데도 딸아이에게 허락을 받을 지경이었다.

어리다고 모르는 것은 아니다. 분명 불편한 게 있었을 것이다. 단지 표현을 안 했을 뿐이다.

고학년에 올라가면서 엄마들이 학교에 오면 애들이 싫어하는데 엄마들은 모른다고 했다. 언제부터 눈치 없고 뻔뻔한 엄마였는지 모르겠다.

예나 지금이나 변하지 않는 교육 현장의 소식을 접하다 보면 '엄마는 학교에 오지 마!'라는 현수막을 대로변에 걸어 놓고 싶은 심정이다.

딸에게 장래 희망이 바뀌면 하고 싶은 게 뭔지 나에게도 알려 달라고 했다.

꽃 같은 아이들이기에, 꽃밭과도 같은 학교 색깔도 생김새도 크기도 각양각색이기에, 자유롭고 행복하게 잘 성장해야 할 텐데.

학교를 쑥대밭으로 만들어 놓는 사람들을 뭐라고 불러야 하나. 수신제가도 못 하는 사람들이 사회의 온갖 기득권을 차지하고 앉아서 치국평천하를 한다고 사방에 갑질 중이다. 그 자식이 자라서 또 그런 갑질로 세상을 뒤엎으려 할 때 우리 아이들이 당당히 나서서 그 뿌리를 뽑을 수 있게, 비겁하지 않은 어른의 모습을 보여 주어야 할 텐데.

쓰레기는 학교에 보내지 마라
- 서이초 여교사를 추모하며

대한민국의 금수저는 쓰레기인가

돈과 권력을 가진 파충류인가

금수강산, 대한민국에는
진짜 스승은 없는가
아이들이 행복한 학교는 없는가
하늘의 별 따기라는 임용 고사를 거쳐
교단에 선 누군가의 딸이었던
꽃다운 스승이 슬픈 별이 되었다
보람과 자부심으로 가득했던 가슴엔
짐승 같은 인간들의 무자비한 폭력이 솟구쳐
한순간 학교가 지옥이 되고 말았다

얼마나 비참하고 캄캄했을까
그가 앉았던 의자엔 아직
체온이 남아 있는데
짐승들의 거친 숨소리는 그칠 줄 모르고 있다

누군가에게 도움을 청하진 않았을까요
누군가가 손을 잡아 줄 수는 없었을까요
학교도 나라도 이웃도 지켜 주지 못한
꽃다운 목숨은 무엇으로 보상받을 수 있나

내 아이 스승에게 함부로 손대지 마라
너희는 돈과 권력을 손에 쥔 쓰레기지만

내 아이와 스승은
새로운 세상을 비추는 등불이다

학교가 필요 없는 짐승들은
제발 벌레 같은 자식들을 학교에 보내지 마라
재생 불량성 쓰레기는
매립하는 게 답이다

교직 생활에 접어든 지 어언 30년이 넘어가는 존경하는 나의 오빠, 요즘 참 무덥습니다. 폭우를 지나 폭염에 목울대까지 화끈거립니다. 몸 상한 데는 없는지요. 최근 서이초 교사의 안타까운 소식에 오빠 생각을 많이 했습니다. 교직 생활을 하는 동안 보람과 스트레스도 비례했을 것 같다는 생각을 했습니다.

어린 조카들과 속초 바닷가 모래사장에서 불꽃놀이를 해 주셨던 것과 사북 도사곡 휴양림에서 배드민턴을 가르쳐 주시던 오빠는 아이들에게 최고의 삼촌이었습니다. 매번 누워 쉬기만 하던 나와 달리, 때마다 어린 조카들과 놀아 주고 아이들 이야기 하나도 놓치지 않으시고 들어 주셨던 자상한 오빠. 언제나 보빈이 근황을 궁금해하셨는데 보빈이는 학교에 잘 다니고 있습니다.

얼마 전 여름방학이 시작되던 날 부끄럽게도 사춘기 딸과 갱년기 오춘기인 저와 모녀전이 있었습니다. 이번 대립에서 느낀 게 있는데요. 사랑이라고 관심이라고 다가갔는데 아이들 입장에서는 간섭으로 보일 수 있겠더군요. 그리고 무엇보다 이젠 힘이 저보다도 세다는 사실입니다. 몸도 생각도 그만큼 자랐습니다. 그 후로 더 가까워졌지만, 이제는 눈치 있는 엄마가 되어야겠더군요.

장래의 희망은 18세가 시작된 올해만 벌써 3번 바뀌었습니다. 보빈이가 알아서 하겠다네요. 믿어 주고 기다려 주겠다고 했습니다. 자신이 선택한 길을 가다가도 아니다 싶으면 새로운 길을 다시 가면 된다고 했습니다. 무엇보다 보빈이가 인성과 지성이 조화롭고, 행복 지수가 높은 사람으로 살아가길 희망하니까요.

보빈이가 두 살 되던 해, 앳된 청년 세 명이 저희 집에 와서는 현장 일을 좀 하게 해 달라고 했습니다. 쉬운 일이 아닌데도 그들의 목표가 뚜렷해 보였지요. 그중 두 명은 예비 대학생이었습니다. 부모님께 손 벌리지 않고 입학금을 벌어 보겠다고 온 것입니다. 두 달가량 저희 집에서 일하는데 예의 바르고 성실한 청년들이었어요. 대화를 하다 보니 자신들은 사북 초등학교 출신이며 오빠의 제자들이었더라고요. 참 반듯한 청년들이라고 오빠에게 말씀드렸었는데 기억하시려나 모르겠네요. 그때 오빠의 표정이 참 뿌듯해 보였거든요. 참 스승이요, 참 제자임이 증명되는 순간을 발견한 제가 무지무지 자랑스러웠습니다.

군대 고참은 하느님과 동기 동창이라는 말을 들은 적이 있습니다. 그 말은 나로선 해석하기 어려웠지만, 부모 자식 간의 관계나 스승과 제자의 관계는 변할 수 없는 인륜이라 생각합니다. 기력이 없으신 팔순을 바라보는 부모님 눈에는 환갑을 바라보는 자식이 여전히 어린아이로 보이는 것처럼, 기력이 없으신 팔순의 스승 눈에는 환갑을 바라보는 제자가 여전히 어린 아이로 보인다는 말을 실감합니다.

지금도 저는 학교 현장의 깊이는 상세히 알 수는 없으나, 선생님들의 크신 노고는 무엇으로도 형용할 수 없다고 생각합니다. 아이가 성장하면 스승을 찾아뵙게 하고, 어미 아비는 부모님을 찾아야 한다는 저 나름의 원칙을 세워 놓고 있습니다.

가정에서나 학교에서나 참 스승이신 오빠, 고맙습니다. 모쪼록 무더위 잘 이겨 내시고, 다가오는 겨울에는 온 가족이 만나 따뜻한 밥이라도 한 끼 먹었으면 좋겠습니다.

밖에는 여전히 폭우가 내립니다. 하늘로 간 꽃다운 선생님의 가슴도 녹아내리고 있나 봅니다.

오빠도 부디 건강하시기 바랍니다.

- 2023년 가을에 동생 서해가

남대리 가는 길

김삿갓 문학관 언덕 외씨버선길을 지나 강원도 영월군과 경상북도 봉화군의 경계를 만나게 된다. 그리고 거기서 조금 더 아래쪽으로 방향을 틀면 경북 영주시 부석면 남대리 선옥이네가 나온다. 고추 농사와 사과 농사를 짓고 있는 선옥이네는 꼭 한 번 들러 보고 싶었던 곳이다.

몇 해 전 수술을 앞두고 먹고 힘내라고 선옥이가 보내 준 연둣빛 사과의 맛을 기억하며 더욱 궁금했던 남대리는 작은 시냇물이 흐르고, 동네 개들이 먼저 낯선 방문객을 반기는 정겨운 마을이다. 인정 많은 선옥이 덕분에 배를 곯지 않는다는 남대리 길고양이는 선옥이가 본가인 대구에 며칠 다녀오면 어디선가 귀신같이 나타난다고 한다.

마을 입구에 들어서자 푸르른 목초지에 봉인된 산들바람이 지그시 눈 감은 내 얼굴을 어루만진다. 시냇물 소리에 마음이 젖어 들 때쯤 감미로운 구름이 머리 위로 날아와 자분 자분 말을 걸어온다. 겸허한 자연 앞에 사람도 한 폭의 풍경이 되는 곳, 그곳에서 선옥이를 닮은 농작물들이 윤기 나는 빛깔로 익어 가고 있었다.

감정의 사회학

여름에 태어난 연둣빛 사과가
노란 박스 안에 이층집을 짓고 누워 있다
층간소음을 방지하려고 스티로폼 원룸마다
빨간 망사 시스루를 걸친 사과가
가지런한 얼굴로 나를 올려다보고 있다
가장 때깔 좋은 사과를 한 입 깨물자
들큼한 육즙이 입 안 가득 번졌다
계절은 두 번 지나 해가 바뀌었는데
다섯 번째 수술 날짜 잡히고
힘내라고 선옥이가 보내 준
지난여름 사과는
아직 냉장고에 두 개나 남아 있다

선옥이가 허락한다면, 붉은 고추 따는 시기에 그곳의 흙냄새를 맡고 싶다고 했다. 사과 수확 철이면 열매 따기 체험도 하고 싶다고 했다. 혹시 방해가 되지는 않을까 했지만, 흔쾌히 반기는 선옥이의 목소리에 두둥두둥 설레기도 했다. 아마도 저녁나절 노을을 삼키는 이랑마다 빼곡한 성난 고추에 콧물 눈물 흘릴지도 모를 것이다.

전화 통화로 고추 따기 이론을 듣고 나서 실전에 투입되면 네 바구니는 딸 수 있을 거라고 자신 있게 말했다. 체력이 잘 받쳐 줘서 고추 따는 동안 흙냄새도 맡고 구슬땀에 흥건하게 젖고 싶었다. 덤으로 모기에게 비자발적 헌혈도 하고, 피가 나도록 벅벅 긁어 대는 수고도 감수하리라 다짐해 본다. 장화를 신으면 더울 테니 낡은 운동화가 있는지 신발장을 열어 보고, 얇고 땀 흡수 빠른 긴팔 셔츠가 있는지 옷장을 살펴보고, 가벼운 츄리닝 바지도 찾아볼 생각이다. 초록 고추는 넉넉히 따서 장아찌를 담가 오려고 다이소에 들러 6리터짜리 김치 통도 샀다. 끓인 간장에 들어갈 재료도 챙겨야 한다고 메모를 하는데 마음은 이미 간장을 달이고 있는지, 코 밑에서 올라오는 진한 간장 냄새가 상상 임신으로 헛배가 부른 임산부처럼 입덧을 시작했다.

남대리의 새들은 날갯짓도 제 맘대로고 맑고 깊은 시냇물 소리에 취해 일상의 묵은 감정도 씻겨 갈 것 같다. 고추밭에서 차량으로 십오 분 정도 재를 넘어가면 보인다는 사과 과수원은 맑고 푸른 하늘을 떠받치고 있는 탐스러운 사과가 주렁주렁 매달려 익어 가는 계절의 생각을 읽고 있었다. 과수원에서 사과 따기 체험도 도전해 봤다. 사과는 혈액 순환을 원활하게 해 주고, 피부 미용에 좋다. 특히 탈모를 잡아 주는 데

도움이 된다고 한다. 프로시아니던 B2 성분이 부사 사과에 많이 함유되어 있다고 하는데 앞으로는 냉장고에 쟁여 두고 먹을 작정이다.

엄니에게도 보내고 일산에 살고 있는 성장기의 조카들에게도 보내야겠다. 선옥이가 덤으로 좀 더 주지 않을까, 하는 생각이 앞서기도 했다. 그렇다면 잼을 만들어 봐야겠다며, 나의 가을은 이미 출발선을 지나 내 마음대로 상상의 지도를 그렸다 지우고, 또다시 그릴 때 나비도 끼워 주고 고추잠자리도 앉혀 보고 흰 구름도 붙여 봤다.

길을 나선 김에 백일홍을 만나면. 그리운 사람 꽃잎에 올려 놓고 살랑대는 바람 따라 마음도 하늘거려 본다. 가다가 코스모스를 만나면 진지하게 그리운 사람 돌아올 그 자리를 비워 두겠노라 다짐하고, 가신 님 떠난 자리, 눈물로 태웠던 시간을 모두 가슴에 담아 시 한 구절에 담아 본다. 아리면 아린 대로 쓰리면 쓰린 대로 마음 한 자리 비워 두는 것도 삶의 일부라는 깨달음을 딛고, 콧노래를 부르며 가을 속으로 떠난 방랑 시인 따라 김삿갓 고개를 넘는 나를 발견한다.

지난 7월 태풍 카눈의 영향으로 기록적인 폭우와 홍수가 전국을 강타했다. 곳곳에서 산사태와 제방 붕괴, 지하 차도 침수로 사십여 명의 아까운 목숨이 죽었고, 남대리도 토사를 피해 가지 못했다. 경북 지역의 피해 소식을 듣고 선옥이에게 전화를 했더니 6천6백 평의 과수원 중 3천2백 평이 토사로 형체도 없이 사라졌다고 상심이 컸다.

전과 다르게 나와 가까운 사람들의 피해 소식을 직접 듣고 나니 몸으로 체감하는 온도가 달랐다. 자연재해에 노출된 인간의 무방비는 질서를 무너뜨리고 상실감과 절망을 안겨 주었고, 악몽과도 같은 시간이 한동안 지속되었다. 빨간 코팅 장갑을 끼고 물에 떠 있는 물건들을 건져 내는 TV 속 자원봉사자들을 물끄러미 쳐다보는데 동공에 이물질이 낀 것처럼 뻐근했다.

인명 구조를 위해 수색 작업에 투입되었다가 호우에 쓸려 간 해병의 사망 소식은 가슴에 대못을 박았다. 분노가 치밀었다. 모두 살릴 수 있는 아까운 목숨들을 늑장 대응과 안전 불감증으로 매번 잃는다. 국민의 생명과 재산을 잃는 일이 수없이 반복되는 현상들을 바라보며 허탈감에 무기력증이 생길 정도다. 참사의 경험이 한두 번이 아닌 나라에서 좀 더 세심한 주의를 했더라면, 이제는 차마 말도 나오지 않는다.

상심하고 있을 선옥이에게 안부 전화를 했더니 고추밭에 농약 치는 남편을 도와서 호스를 잡아 주고 있다고 했다. 고추를 수확하기까지 더는 피해가 없기를, 선옥이네 뿐만 아니라 모든 농가에 피해가 없기를 기도하는 마음 간절하다. 창자가 끊어질 듯한 농부의 울음이 그치고 심장과 폐가 오그라들 것만 같았을 심경을 나도 겪었다. 악몽 같았던 태풍과 폭우가 지나고 시작된 폭염으로 농가의 또 다른 피해가 없어야 할 텐데. 실망스런 시간이 삭기도 전에 또 비 소식이 있어서 저녁 7시 무렵에 선옥이가 눈에 밟혀 전화를 했더니, 우산 쓰고 고추밭을 쳐다보고 있다며 "정순아, 물에 젖은 고춧대가 축 처져 있다"고 했다. 저녁은 먹었냐고 물었더니 곧 먹겠다고 한다. 가슴 한구석이 시린 주춧돌로 묵직해져 왔다.

오늘은 드디어 선옥이에게 가는 날이다. 평소 남대리 풍경이 궁금해서 설레기도 했지만, 너무 격하게는 반응하지 말자고 누누이 곱씹으며 액셀러레이터를 밟았다.

사실 내가 '격하게 반갑다', '격하게 즐겁다'라는 말을 멀리하게 된 이유는 사람이 많이 모인 곳에서 들뜬 기분으로 좋지 않은 사건·사고를 접한 후부터이다. 그날 이후 행사장 방문이나 나들이 길에는 '꼭, 격하지 말자'라고 중얼거린 게 어느덧 나만의 주문이 되었다. 사람들은 각자의 신앙에 기도를 한다. 무속인을 찾아가 부적을 만들고 몸에 지니고 다니는 사람도 있다. 나는 매년 매월 기어이 휩쓸고 마는 사건·사고투성이인 나라의 무탈을 기원한다. 아울러 나의 무탈한 나들이 길을 소망하며 '격하지 말자'라고 한 번 더 외우고, 김삿갓 시인의 고갯길 쪽으로 계속 올라오라는 선옥이의 말대로 8년 차 프라이드를 몰고 안전 모드로 주행을 계속했다.

가는 길에, 영월 아침 시장에 들러 메밀부침과 막걸리를 샀다. 고추 따다가 출출하면 참으로 마실 요량이었다. 노곤한 저녁 시간 별빛 아래에서 선옥이와 오붓하게 한 잔 마시고도 싶었다. 얼마 전, 선옥이가 원주를 지나는 길 우리 집에 방문한 적이 있었는데, 나를 염려해 주는 그 마음이 고마워서 기억에 남는 친구다. 시를 쓰겠다고 했을 때도 응원해 주었던 선옥이가 참 고마웠었다.

차창 바깥의 초록 잎에 앉아 놀던 여름 볕이 창틈으로 비집고 들어와 턱 밑 옷자락에도 엷게 비추었다. 핸들 잡은 손등으로 햇살이 주문을 걸었다.

고씨굴을 지나 묵산 미술관을 거쳐 김삿갓 문학의 길을 따라가는데 딸아이가 수없이 다녔던 익숙한 길의 추억이 생각났다.

길은 예상을 빗나가지 않았다.

칠백나무의 사열을 받으며 내려간 입구에는 살아서 천 년 죽어서 천 년이라는 주목 여러 그루가 내게 무언의 메시지를 보냈다. 모든 욕심을 내려놓고 그 품에 안기고 싶었다. 잘 다듬어진 잔디 위로 길고양이가 다녀가고 사자상을 닮았다는 차우차우 종의 개들이 순박하게 어슬렁거렸다. 열세 살 된 벚나무 아래 해먹에 누워 산들바람에 입술을 내어 주고, 그 앞으로 흐르는 깊고 그윽한 비췻빛 계곡물의 소리를 따라 키 작은 배나무와 복숭아나무의 푸른 숨소리가 들려왔다. 푸른 하늘의 맑은 공기가 숨은 비경을 펼쳐 놓은 곳, 그곳이 남대리였다.

선옥이네 집 앞마당 흔들의자 뒤로는 어느 골짜기에서 나오는지 좁다란 개울물이 마당을 가로질러 계곡으로 연결되었고 개울물의 가락에 맞춰 길고양이는 선옥이를 바라보며 야옹야옹, 풀벌레 소리마저 정겨웠다. 고추밭 말뚝마다 앉아 있는 잠자리는 다가가도 날아가질 않는다.

그 짧은 시간 개와 고양이, 잠자리, 호박, 오이, 가지와 나무들, 그렇게 식물과 동물이 간섭 없이 자유롭게 공생하는 자연의 순리를 배웠다.

붉은 고추 맏물 따기에 돌입한 나는 갑작스레 뱀이 출현하면 어쩌나 잔뜩 긴장하며 고추밭 이랑을 헤집으며 한 발 내디뎠다. 내 생각과 달리 고춧대의 그늘에 햇살은 넉넉히 피할 수 있었고, 달큰하게 다가오는 흙냄새와 송골송골 젖어 나는 땀방울은 궁합을 잘 이뤄, 바구니에 쌓여 가는 고추를 보며 보람이 쌓여 갔다. 가지꽃도 안아 주고 오이를 바라보는 호박꽃을 꼬옥 안아 주고 입맞춤도 해 주었다. 특히 진노랑의 곰취꽃은 유독 내 눈길을 잡아 사진도 찍었다.

저녁 무렵, 고기 익는 냄새와 선옥이의 된장 솜씨가 자꾸만 내 허기진 속을 불러냈다. 따신 밥에 된장 한술 떠 넣고 감탄

한술 쏟아지는데 소나기가 다녀갔다. 별은 보이지 않았지만 우리들 이야기는 검은 벨벳 같은 밤하늘을 수놓았고 선옥이와 난 건배를 이어갔다. 오는 시월에 딸아이가 수학여행을 가면 사과 따기 체험을 약속하며 재차 건배를 나눴다. 여전히 풀벌레 소리와 시원한 바람을 맞이하는데 지상낙원이 여기 말고 또 있을까. 방랑 시인 김삿갓이 부럽지 않았다.

남대리로 가야 한다

창공을 떠받친 사과나무,
제 무게에 짓눌려 비명을 내지른다
허벅지를 찔러 대는 성난 고추는
내 무릎을 꿇렸다

붉은 고추가 꼭지를 떠난 자리를 지나며
엉거주춤 다리 오므리고
햇살의 매운 기운으로 날아오를
대지의 날개를 펼친다

간섭을 받지 않는 냇물의 장단을 따라
해 질 녘 가을 냄새가 담장을 넘어왔다
재넘이 사과 향기는 소녀 시절 분 냄새를 풍기며
붉은 고추를 광주리 가득 채워 놓았다

이 가을이 저물기 전에,
풍요로운 풍경을 해석하는 영부로 890번길
남대리로,
속눈썹에 매달린 땀방울 맡으러 간다
땀 냄새는 탁월한 선택의 시간이었다고
노트에 또박또박 새기고
나를 챙기고 아끼는 동안
남을 생각하는 마음 또한
내가 살아 있는 동안 할 일이라고 생각하며

돌아오는 길,
윤선도의 '오우가'를 읊으며
나는, 내 안의 나를 깊게 포옹했다

깜장돌의 노래

펴낸날 2023년 11월 29일

지은이 김서해
펴낸이 주계수 | **편집책임** 이슬기 | **꾸민이** 박효빈

펴낸곳 밥북 | **출판등록** 제 2014-000085 호
주소 서울시 마포구 양화로7길 47 상훈빌딩 2층
전화 02-6925-0370 | **팩스** 02-6925-0380
홈페이지 www.bobbook.co.kr | **이메일** bobbook@hanmail.net

© 김서해, 2023.
ISBN 979-11-5858-974-5 (03810)